KB017498

셀라비, 셀라비

정유정 시집

문학세계사

□ 시인의 말

마음이 고요해질 때가 있다.
그럴 때 사각사각 글 쓰는 소리 들으면
댕그랑, 종소리처럼 내 영혼이 살아있구나 하고
나긋이 글 안의 시간에 깃든다.

세 번째 시집을 엮으려니
아물지 않은 상처가 또 열리는지,
불빛보다 빠르게
가슴을 찌르고 가는 게 있다.

2021년 봄
정 유 정

□ 차례

1

2

3

4

1

창 1

저 사각의 창밖으로
얼마나 많은 구름이 지나갔을까요?
얼마나 많은 바람이
창을 흔들며 지나가고 눈은 또
얼마나 포근히 창가에 머물었을까요?
저 커다란 창으로
푸르스름한 새벽이 오고
햇살 가득한 한낮엔
섬세하게 흔들리는 나뭇잎 사이로
노란 졸음이 와요
언제나 같은 시간에
달 뜨고 별이 뜨는 창에
두꺼운 커튼을 드리우면
아름답지 않던 시간도 사라지고
창은 말갛게 비게 되겠죠
아무것도 눈에 잡히지 않고
마음도 말갛게 비게 되겠죠

창 2
—바다로 가는 길

창 너머 봄꽃이 피는 길을
홀로 걸어가는 사람이 보입니다
저 길, 벚나무를 거느린 아름다운 길을
열흘쯤 가다 보면 바다에 닿을까요?
누가 그러데요
모든 길 끝에는 바다가 있다고요
창 안에 서서 바라보는 바깥세상,
남들은 알지 못하는 몽환의 뜰을 벗어나면
또 무엇이 보일까요?
또 무엇이 구름처럼 흘러와
창 안의 나를 불러 줄까요?
샛길을 지나 벚꽃 핀 큰길로 가면
나는 종내 바다에 가 닿을까요?

잠과 꿈

한밤중 꿈결에 창밖을 본다
알 듯 알 듯 희미한 웃음 남기고
가을 달님이 간다
늙은 솔 머뭇거리며
창문 앞에 서 있고

하늘은 여전히 멀다

금빛 달님 아직도
서쪽으로 간다
서로 어여쁘다고 말하던 꽃들도
깊은 잠에 들었다
처연한 달빛만 방 안에 소복한데
환히 열린 꿈속 얼굴
고쳐 벤 베갯머리에 선명하다

마흔아홉, 등불을 켜다

별빛 있어도 하늘 어두운데
등불 앞 발끝만 환한데
바람 무게에 흔들리는 등불을 끄면
온몸은 새카만 구름이 감은 듯 캄캄하고
거친 숨소리조차 들리지 않아

보이지 않는 꽃들 꽃잎 속 씨방 치맛자락 속으로 숨어버린
붉은 자취 절개지 아래로 쏟아져 내리는 꽃잎을 밟고 일어서
보는 마흔아홉, 다시 등불을 켜고 되돌아가려 해도 이미 주인
이 바뀐 몸, 애써 이름을 고치고 딴 세상 가로질러 가는 뒷모습
이 애달프고 고단한 마흔아홉

붉은 양귀비

반달이
캄캄한 구름 아래
금빛으로 떠오르는 동쪽
고르게 뛰는 심장,
심장 같은 달이 있어
더없이 아름다운 시간
마음 눕지 않아
잠잘 수 없는데
눈가에 어른거리는 한낮의
붉은 양귀비

이제라도 사람 껍질 벗고
꽃이 되어 볼까

발갛게 달아오른 달빛으로
양귀비꽃 덮어주고
그 빛깔처럼
무명천에 자리한 어여쁜 나의 꽃,

곱게 감싸
아주 먼 시간으로 보낸다

바람이 고요를 품고

더딘 발걸음 걷어내며
문득 이는 바람,
거칠고 스산한 소리
지천으로 쌓인 마른 잎들이 일어나
바위틈에 부대끼는 소리
온 세상 훑어와 계곡에 부려놓은
바람소리, 산소리

격렬한 소리들을 지나
산은 혼곤한 잠에 들고
먼 등불들도 꺼지고
겨울로 가는 산중 깊어
무거운 발길 짐작할 수 없는데
마음 평정은 바람만 할 수 있다고
바람이 고요를 품고 있다고……

끝없는 자작나무 숲이
희고 적요한 길을 열어주고 잠든다

시월의 집

산중에서 산을 만나러 간다 하고
그 산이 잠들어 슬프다 하고

꿈틀거리며 몸속으로 들어오는 산을
또 만난다 하고

문득, 작은 등불과
가을 안개 향기 그립다 하고

그러다 당도한 길모퉁이
조그마한 집,

그 집에 울긋불긋 그 산이 산다
시월 그 집에 내가 산다

유리병 속 오후

평상마루에 멈춘 노란 햇살
그림처럼 휙 지나가는 노란 바람
나붓이 떨어지는 노란 은행잎
흥건히 쏟아진 오렌지주스

그 위에 미끄러지는 순간,
눈부신 가을이 옷자락을 적신다
팔을 걷고 두꺼비처럼 엎디어
빈 유리병 속 세상을 본다
투명하게 반사돼 찰랑이는
황홀한 바다

작은 손바닥으로는 감당할 수 없는,
천지가 다 어두워져도
종내 금빛 등불처럼 환할 것 같은
여기 이 조그마한 세상,
가을 바다의
꿈같은 정적에 빠진다

기우는 햇살, 눈부신 가시광선 속
노란 바다를 훔치지 못하고
반질거리는 나뭇잎처럼
가을 안으로 녹아드는
유리병 속 오후

내 안의 천사
—산중 일기 7

천사가 찾아왔다 낮게 핀 금잔화 꽃길을 지나 노랗게 물든 가로수를 지나 날개도 없이 왔다 아파 벌레처럼 고물거릴 때 그는 커다란 자루를 내려놓고 내 곁에 앉았다 남루한 옷을 입고 털북숭이 같은 머리카락을 풀어놓은 제 기침을 하며 내게 기대어 쉬었다

하얗게 벗은 자작나무가 눈보라를 맞는다 "눈이 그칠 때까지만, 아니, 봄바람 올 때까지만 당신께 있을 게요"

어둠 속에서 등불을 켜고 잠든 천사의 옷깃을 열어 본다 세상 어떤 슬픔들이 그의 가슴을 때리고 지나갔을까 천사의 가슴엔 새카만 멍 자국이 수없이 남아 있다 부둥켜안은 회색 자루 안에는 무엇이 들어있는지 헤쳐 볼 수 없는 아픔이 커다란 자루 안에서 꿈틀거리는 것 같다

그가 옷을 털고 내게서 떠날 때까지 나는 산 안에 머물러야겠다 산중 어둠과 슬픔 가득 찬 그의 자루를 보듬고 여기서 나도 쉬어야겠다

비워둔 대답
—산중 일기 8

물이 든 모든 관이 다 얼었다 두꺼운 장갑을 끼고 도와달라 천사의 어깨를 툭툭 건드려 보았으나 그는 꿈쩍도 않는다 무엇을 기다리는지 알 수 없지만 세상 얼음을 깨고 봄날 환한 꽃밭을 만들고 있는지 겨울이 가고 내 손가락도 풀리면 물어보리라 조금씩 비워둔 마음 넓이만큼 그의 대답이 내 안에 가득하기 바라지만 천사의 마음속 한 조각 얼음도 남아 있지 않을 때쯤 오는 봄 안에서 한가하게 기지개 하겠지 그러나 그가 내게서 읽은 것 너무 어리고 너무 늙은 것, 식은 난로 앞에 쪼그리고 앉아 서럽게 우는 것, 그래서 눈물 같은 정이 들어 인간의 정이 들어 얼음 녹지 않게 겨울 시간 길게 늦추는지도

사각의 창
—산중 일기 9

눈이 내린 뒤 산중 세상 모두 얼었다
그리운 사람들은 일찍 문을 닫았고
교통은 두절됐다
그는 아무것도 듣지 않은 채
골짜기의 하늘을 바라보고 있다
어떻게 날아갈 것인가
가여운 천사!
찬바람이 두께를 더하는
바깥세상 말해주고 싶은데
봄꽃 푸른 숲 붉은 낙엽 지나
또 눈 쌓인 겨울,
"이제 가세요!"라고 말하고 싶은데
그는 나를 홀로 두는 걸
온 세상 아픔으로 아는지
먼 하늘 비치는 사각의 창에 갇혀
움직이지 않는다

눈보라 속, 붉게 떠오른 태양
―산중 일기 10

천사는 아직 떠나지 않았다 겨울 달력을 뜯지 않은 채 나는 그를 보내지 않고 있다 자작나무숲에 쌓여 있던 눈이 바람에 흩어져 작은 눈보라를 이룬다 그가 신을 신기 전에 사랑한다는 말을 하고 싶다 눈 덮인 산에서 나의 누더기 천사가 떠나기 전에……

기다려야 한다 천사는 그의 자루 속에서 해묵은 봄을 가져다 줄 것이다 누더기를 벗고 침묵을 깨고 "당신을 사랑했습니다"라고 말해 줄 것이다 겨우내 언 손가락을 만져주고 오장에 스며 있던 슬픔을 꺼내 버려 줄 것이다 "당신은 이제 행복할 것입니다"라고 축복해 줄 것이다

그렇게 긴 생각 끝, 내게 돌아와
남겨진 아름다운 눈보라,
눈보라 속에서 붉게 떠오르는 태양

여기는 어디일까

십일월, 슈베르트

사람들이
아름다운 시월을 노래할 때
나는 십일월을 기다린다
죽음이 먼 여행을 떠나게 한
젊은 슈베르트, 그의 가곡집 속에
그와 나란히 앉아,

단풍이 금방 낙엽 되는 산중
골짜기 풍경을 스치는 바람이
노악사*의 고단하고 슬픈
선율과 닮았을까
그 바람을 타고 오는
십일월 차가운 향기에 온몸 흔들면
그리운 무언가가
가까이 와 있다는 느낌,
낯설지 않은 설렘이
나를 안아 올리는데
뭉클, 눈물처럼 흐르는 노래는

무얼 되짚어 보는 슬픔인가

그의 몸에 든 병을 아파하고
마음의 암흑을 견디어주고
해마다 십일월,
먼 여행 떠나는 그를
내 따뜻한 품에서 배웅하고……

조그마한 의자에 홀로 앉아
오래오래
백조의 노래**를 듣는다

*슈베르트(1797.1.31~1828.11.19)의 가곡「겨울 나그네」중 스물두 번째 곡.
**슈베르트의 마지막 작품. 백조는 죽기 전에 단 한 번 소리 내어 운다는
전설이 있다.

눈사람을 그리다

　깊은 숲으로 빠져드는 가로등, 길게 가슴을 건드리는 불빛, 또드락 또드락 흐르는 발소리, 흰 구름 같은 눈이 함께 내린다 차갑지 않은 기억들이 잘생긴 나뭇가지에 걸리고 산 쪽으로 바람 불면 녹아내리는 것조차 아프지 않다 나뭇가지를 피하듯 달아나며 흔들리는 바람, 속삭임들, 뚝! 멈춰버린 공간에서 눈의 살을 들여다본다

　오래된, 검은 상처가 지나간다 차가운 말이 지나가고 뼈가 앙상한 물고기가 지나간다 물씨가 될 검은 구름, 바다를 가르는 아침 햇살이 희고 좁은 화폭에서 이중으로 겹쳐진 꿈처럼 지나간다 짧게 허락된 시간 안에 나의 일생이 지나간다

　뜨거운 숨을 멈춘다 수백 년 역사도 멈춘다 붉은 꽃이 떨어지는 찰나 파리한 얼굴이 그려지던 도화지에 빛나는 한 사람, 눈사람이 서 있다 그의 안으로 들어간다 온갖 아린 기억은 사라지고 순백의 영혼을 만난 기쁨이 남는다 눈으로 자신의 형상을 만들고 '사람'이라 부른 이들만 알 수 있는 기쁨이 남는다

까만 시간, 하얀 자유

천만 개의 꽃씨
천만 가지 두려움
천만 번의 두근거림

섬세하고 상냥한 어제 마음을
햇빛이 다 데려가고

미열에도 머리가 들끓던
땅속 까만 시간, 느리고 태연한 시간
뚝, 멈추고……

세상 환한 봄날
분수처럼 하늘로 치솟은
꽃들, 꽃 폭탄!

사방으로 흩어지는 자유,
하얀 자유!

아프지 않은 살

잘라내도 아프지 않은
살이 있다
무거운 짐 내려놓고
찰랑이는 물속에 발 담그면
겹겹 쌓인 고단한 하루가
물속으로 가라앉는다
오늘도 무사했다

사는 일 모두 곳곳에 구겨 넣어진
아픈 시간이라는 걸 아는데
아무렇지 않게 서쪽 하늘 붉어 예쁘다
사람을 불러도, 사랑하는 사람들을 불러도
어디선가 불어와 줄 바람이 없어
사방 고요하고
물속에서 꺼낸 발,
하루치만큼 퉁퉁 불어 있다
불은 살은 잘라내도 아프지 않다

상처 속으로 지나가는 세상,
잘라내야 할 것들이
붉은 살보다 더 많아 이리 아플까

셀라비 selavy*

수직으로 내리는 비의 모양은
가지런히 늘어뜨린 비단실 같아
올 흩어져 날릴까
바람 오는 것이 두렵네
완벽하다 믿는 생이라도
세상 흔들리는 것 두려워
고요히 내리는 비이고 싶다 하네

그러나 바람은 어디에서 오는지
저문 길 위 빗줄기 속에 세차고
늙은 사람은 더 늙은 나무에 기대어
비를 피하려 하네

*인생은 그런 것, 또는 그것은 인생.

2

웅크린 봄
—1997년

그 봄은 웅크린 채 왔다
난폭한 물소리는 아득한 데 있고
눈 감으면 사람의 발소리만
희미하게 살아 있다

강 건너 적막한 만포시, 수풍댐 마을
강물을 스치고 지나간 건
봄바람이 아니었을까
압록강 어디에고 웃는 생물이 없다

말갛게 벗은 산과 산 사이
녹지 않는 얼음은 비수같이 꽂혀 있고
옷깃 속에 묻힌 사람 얼굴도
움직이지 않는다

물을 끓이는 걸까
높이 솟은 굴뚝에서
힘겹게 오르는 연기가 슬프다

오래도록 외워지지 않는 이름처럼
끝내 해가 오를 것 같지 않은
잿빛 하늘이 슬프다

다시 시작된 '고난의 행군'으로
봄은 웅크린 채 겨울 강에 머물고
배고픈 사람들은 자주
그 강물을 떠다 끓였다
찬바람과 탄식과 눈물을 섞어 끓였다

편지 1
―코로나 19

비 그치고 잠깐 노을이 왔다 갑니다
창 너머 두 산맥이 이어진 골짜기 사이로요

사람도 한때 찬란한 태양이었다가
생이 저물녘
저리 아름다운 노을처럼 질 수 있을까요?

어둠이 오고 방마다 불이 켜집니다
나를 가두어 안도하게 하는
이 따뜻한 집을 마냥 의지합니다

눈에 보이지 않는 바이러스를 피하기란
우리 어머니들의
슬픈 노래를 외면하는 것보다 더
어려운 일인 것 같습니다
신이 태양의 불꽃으로 지구를
정화하려 하는 걸까요?
긴 후회로 반성해 봅니다

산을 넘었는데 또 다른 산이
가로막고 있지 않기를 바라도 봅니다
멀지 않은 미래에 모든 이들의 얼굴이
봄꽃처럼 활짝 피어나라고 기도합니다

바깥출입이 자유롭지 않은 시간들을
명랑하고 슬기롭게 보내시기 바랍니다

편지 2

산마루에서 반짝이던 별을
구름이 가리고 있군요
산중은 캄캄해요
누군가가 산 아래 좁은 길을
쓸쓸히 걸어가는 듯한 느낌이
밤바람에 펄럭이는 치맛자락과 겹쳐져
온몸을 차갑게 스치고 갑니다
하지만 문을 닫고 돌아서면
바깥세상 아무것도 보이지 않아요
조용한 노래처럼 방 안 공기는 부드럽고
어린애 같은 마음은 따뜻해집니다

아픈 사람들의 자취를 찾을 수 없네요
아프지 않은 이들의 표정도
태양을 검은빛으로 바꾸어 놓은 것같이
불안하고 음울합니다
무거운 짐을 나눠 질 수 없고
캄캄한 산길을 홀로 가는데

동행할 수 없어 미안할 따름이지만……

고요하고 아름다운 봄 풍경 안에서
밀어 두었던 책 속에 빠져 있으니
코로나 바이러스로 인한 제 걱정은 마시고
꼭 평안하고 안전한 곳에 계시기 바랍니다

마음의 온도

당신은 철학자이고
어찌 보면 사상가인 것도 같지만
때로 나를 가르치려 해
오늘 아침엔 선생님이라 부를 뻔했죠

좀체 피지 않고
봉오리로만 남아 있던 꽃이
활짝 문을 열고 나오자
꽁꽁 언 햇살도 녹아 방글 웃었어요
꽃이 여태 입을 다물고 있었던 건
주위가 따뜻하지 않았기 때문이죠

말을 구박하면서
눈 속에서도 피는 꽃을 들먹이고
쓸데없는 걸 너무 많이 아는
철학자인지 선생인지
당신은 아무 말 하지 마세요

꽃이 아직까지 피지 않았던 건
그냥 추웠기 때문에 그래요

늘 쇠붙이같이
차가운 당신 마음의 온도로는
꽃을 피울 수 없다는 것만
알고 있으면 돼요

술병 속 편지

어두운 강에서 기어올라
세상 집으로 향하는 흰 그림자!

어제처럼 즐거운 놀이를 하고 싶은데
센강의 어부처럼
그의 불빛을 따라가고 싶은데
파울 첼란*을 사랑하면 가끔은
죽음이 영그는 감옥에 갇히고 만다
그의 영혼이
끝없는 강변에 피어난 꽃이라면
내 뜰의 화초도 그렇게 변할 텐데
그의 영혼이 센강 물결을 타지 않았다면
나는 아직도 세상의 불안을 몰랐을 텐데

방금 베어진 풀잎 싸한 냄새 속
천둥과 번개가 오간다
술 취한 내 몸은
강물에 젖은 옷들이 입구를 막고 있는

사방 검은 칠을 한
침묵의 방 앞에서 서성이고
편지를 쓰려 엎드린 책상 위에는
유리병 속 첼란의 시詩들만
차디찬 소리로 출렁거린다

*루마니아 태생의 유태인계 독일 시인으로 센 강에 투신했다.

불소리 2

"내 소리가 들리는가, 거대한 나의 힘을 아는가" "예" "큰소리를 내는 것일수록 강하다 커다란 용광로 가까이 가면 타죽기 전에 귀부터 먼다" "예" "거대한 도시를 움직이는 내 힘을 보면 내가 얼마나 소리 죽여 겸허한지 알 것이다" "예, 내 삶의 한 곳도 열어보면 우묵한 곳으로부터 빙글거리며 타오르는 불소리가 들립니다 그러나 그건 절제돼 밖으로 터져 나오는 일은 없습니다" "때로 온화한 생명의 근원이고자 나는 소리를 죽인다 또 포악한 사람이 찾지 못하게" "네로 같은 사람을 말씀하시는 겁니까?" "……" "저기 망자의 마을로 갔던 사람들이 돌아옵니다 가슴에 뼛가루를 안고요" "내가 태웠지, 거기서는 참을 것도 없이 세차게 탔어, 어쨌거나 그 사람의 마지막이었으니까" "센강에 투신한 파울 첼란은 불소리가 싫었을까요? 몸속에서 타오르는 불을 끄려 했을까요?" "그를 의심하고 있구나, 그 시대 그의 절망은 목숨보다 컸다 죽음의 방법은 논리로 설명할 수 없다" "……예……"

조는 동안 화덕의 나무는 다 타고
불은 잔물결처럼 밖으로 밀려 나온다

나풀거리다 조용히 꺼지는 불꽃,

사방이 고요하다

상상은 상상을 낳고

피라미 떼 쏜살같이 달려가는
낯선 강에 풍덩
당신을 던져 버렸어요
내 곁의 당신은 껍질뿐이죠
아하! 참 통쾌해요

추억을 크게 쥐지 말아요
당신도 나처럼, 나라는 알맹이를 까서
강물에 던져요
당신은 곧 후회하겠지만
나는 생각만 해도 즐거워요

껍질이, 버린 알맹이 만날 확률은
거의 없겠죠

그만 할 게요
복수는 복수를 낳는다니까요
당신이 강물에 휩쓸려간 뒤

오늘은 후두둑,
하늘에서 회색빛 강물이 떨어져요

하얀 나무

산生 나무들 사이
죽은 나무, 너무 말랐다

숲이 묻어주지 않는 나무송장이
내 따뜻한 이마를 짚고 있다면
푸드득, 새가 날던 곳조차
사라지지 않는 흔적이 될까

자라다 멈춘 나이테,
수액을 길어 올리던 길 하나쯤
누군가 기억할 수 있지 않을까

살아있는 것들이
꿈꾸거나 명상에 잠길 때
하늘에 비치는 하얀 나무를 보면

저것이, 죽은 것이
아직도 아플 게 남아 있는지

강물

아침입니다 아기를 깨우러간 방, 부드럽고 환한 공기가 따뜻합니다 밤사이 잘 잔 사랑스런 온기에 아기를 조용히 안아봅니다 검은 눈동자가 게슴츠레 감기며 다시 잠이 듭니다 엄마는 아기를 깨우지 못합니다 어느 어리석은 엄마가 이처럼 다디단 잠을 깨울 수 있을까요? 뽀얀 안개 속 풀숲 같은, 여린 잎 피어나는 동산 같은 곳, 꽃잎 따라 하늘하늘 춤추는 실바람 같이, 빨래 자락에 숨은 요정같이 아기의 이불 속으로 들어가 엄마도 폭 잠이 듭니다

강물이 아침 종소리와 함께 잠을 깨우지 않았다면
나는 아기의 꿈속에서 헤어나오지 않았을 텐데요
강물이 저 멀리 흘러가는 소리 듣지 못했다면
아직도 나는 아기 엄마의 엄마,
내 엄마 품에서 잠자고 있을 테지요

잔인한 꽃

뜰의 보랏빛 꽃들이 서서히 피듯 기쁨은 천천히 왔습니다
그러나 슬픔은 천둥 번개처럼 한꺼번에 닥쳤죠 있는 힘을 다
해 달아났지만 폭풍우 속으로 온화한 운명은 휩쓸릴 수밖에
없었습니다

내 기쁨, 내 사랑의 몸짓을 시기하는 이가 운명을 약탈하는
동안에도 자귀나무는 꽃을 피웠습니다 떠나가는 것들은 어렴
풋한 잠속에서 벗을 수 없는 슬픈 옷을 입혀 주었고, 긴 다리
오므리고 잠자는 시늉으로 한밤 지나고 나면 자귀는 아무렇지
않은 듯 새 꽃잎을 열었습니다 주절거리는 새소리조차 나의
울음소리 같았고 다시 떠 오른 해는 빛살도 없이 찡그리는 듯
했죠 그런데도 자귀는 어제보다 훨씬 많은 꽃 문을 열고 활짝
웃고 있었습니다

해바라기

나는 오늘 빈집에 든 바람
가슴은 서늘해도 우는 일 없이 떠돈다
태양이 멈춰서고 잠시 정지된 세상
해바라기가 샛노란 피 흘리는 걸 본다
그러나 아무렇지 않다

도둑괭이처럼 눈 밝아지는 정오
꽃이 줄어든 그림자에 갇혀
뜨겁게 녹아내리면
나는 다시 집을 비워주고 떠난다
햇살이 실핏줄까지 비추는 손바닥에
'나는 바람'이라고 쓴다

부추꽃

그가 뽀얀 부추꽃밭 그림자로 발끝 적실 때
나는 나비처럼 날지 말아야 했다
지순한 눈빛을 보이지 말아야 했다

바람 흔드는, 잘게 가슴에 와 박히는
저 꽃의 웃음을
보이지 않게 속삭이는 꽃의 말을
상관했어야 했다
달 아래 무더기로 핀 꽃들을
치우지 말았어야 했다

눈앞에 멈추었던 환한 시간,
달빛 자욱한 뜰 안의 추억이
이미 다가온 슬픔 위에 깔려 있다는 걸,
그가 밟고 간 길 따라
순백의 사랑 소리 없이 사라진다는 걸

달 아래

무더기로 남은 꽃 그림자를 지울 때
알았어야 했다

유월

소나기구름이 몰려오자
빨간 장미가 폭 고개 숙였다

바람이 가만히 와서
고개를 들어 주었다

잔디의 뾰족한 속살이
하늘을 향해
노랗게 웃었다

만취, 만추

샛노란 은행잎이
무더기로 쏟아져 내리는
외등이 켜진 긴 의자 옆에서
누군가가 서성인다
상념이 지나쳐 굵은 눈물 흘린다

주점의 낡은 형광등 아래
컴컴하고 둥근 탁자가 보인다
나도 삐딱하게 기울면
반쯤 찬 술잔도 넘칠 텐데
갈 곳이 있다
거기는 취해서
비틀거리며 가야 한다
낙엽 쌓이면 문이 열리는 집,
가을이라는 집

십일월 1

창가에서
제라늄 빨간 꽃들이
평화롭게
해를 먹고 있었다

창문을 열자
바람도 먹었다

나도 밥을 먹고
창가에 앉아
조용히 쉬었다

십일월 2

단풍이

바람을 부르지 않고

조용히

사뿐히

참 아름답게

떨어진다

북해도 5

　지붕을 덮은, 몇 길인지 모르게 깊이 쌓인 따뜻한 눈의 벽, 그 위에 엎드리면 눈은 내 두꺼운 옷 속까지 말갛게 비춰준다 습관 같은 괴로움에 기대어 산 나날을 한꺼번에 밀어낸다
　눈 그쳐도 치우는 이 없고 바람은 내린 눈을 다시 하늘로 올려 보낸다 눈보라에 쌓여 긴 겨울 동안 산간 마을은 사람 자취 없이 맑아지고 내 안의 오래 뒤틀린 기억도 한 점 검은 빛깔도 허락하지 않는다 무늬처럼 겹겹이 쌓여 있는 눈의 흔적, 사람은 지울 수 없다

　천둥 번개 수시로 드나드는, 열두 달 햇빛 들지 않는 빈방에 잠시, 흰 비단 같은 바람 펄럭이고 북해도는 다시 나를 데려간다

3

Lost Paradise

따뜻한 등불을 뒤로한 채
내가 버리고 떠나온 그곳……

사람들은 아직도 그곳에 있을 것이다
지는 해를 배웅하고
다시 올 아침 해를
행복하게 기다릴 것이다
투명한 목소리로 노래하며
서로 머리카락을 땋아 주거나
꽃그늘에 앉아 사진을 찍거나
샘물에 발 담그고 가슴을 포개어
심장이 뛰는 걸 느낄 것이다

새로운 이타카*를 찾아 떠났지만
앞선 사람들은 난폭한 고함소리를 남기고
신기루처럼 사라졌다
이상을 앞세워 그들을 따라 나서지 않았다면
아직도 나는 그곳에 있을 것이다

달빛도 그곳에만 머물러 밤은
사뭇 꿈같을 것이다

빈 들판에 홀로 있다는 걸
해가 지고 난 뒤에야 알았다
욕망이 고요해지자 영혼의 슬픔은 배가되어
꺼이꺼이 짐승처럼 울었다

내가 살아가야 할 곳은
그들과 함께 한 울타리 안,
그들은, 그곳은
나의 파라다이스였다
그걸 너무 늦게 깨달았다

마음속에
커다란 비애를 접어 넣고
다시 울었다

*희랍 신화 『오디세이Odyssey』에 나오는 이상 본향.

어떤 랩소디*

베어진 풀잎처럼
모로 누워 일어나지 못하는
허수아비의 오후 시간
마르고 음울한 시인의 노래와
피 흘리는 허수아비의 랩소디를
견디지 못하고 나는 도망쳤다

내가 지나온 길들 위
쓰러진 풀들이 떼로 일어나
소리소리 지르며 따라온다
풀바다가 부른 요란한 바람이
치맛자락을 당겨 나부낀다

후우우……꽈가꽝!
무절제한 시인의 노래는
펄럭이는 치마폭에서 점점 더 커지고,
나는 그걸 듣지 않고 도망쳤다
풀잎에 휩싸여

일어날 수 없는 허수아비를 두고
비겁하게 도망쳤다

*프란츠 리스트 곡「헝가리안 랩소디 2번」

비나무 Raindrop tree

엷은 안개 속 하늘
선명하지 않은 분홍빛 해가
지상에 닿을 듯 내려와
가볍게 떠 있다

눈을 감으면
불꽃처럼 꼬리를 끌고 달아나 버리는
망막에 각인된 그의 얼굴,
이별이란다
안개에 젖은 낯선 나무들이
가지마다 긴 뿌리를 매달고
나와 함께 눈물을 흘리고 있다

길거리의 사람들이 이유를 묻고
나와 함께 울었다
해와 비와 비나무와
거리의 사람들과 일렬로 서서
온종일 그를 기다렸다

비안개가 해를 안고 빌딩의 불빛과
시간을 바꾸는 동안
아무도 나를 놓아주지 않았지만

이 조그마한 도시*에서 나는
그를 부를 수 없었다 그에게는
내가 부를 수 있는 이름이 없었다

*싱가포르.

고도孤島

먼 옛날, 신과 사람이
지금보다 훨씬 더 가까웠을 때부터
해변의 풀밭은
다른 곳보다 더 새파랬네
지금도 파도를 닦아 물길 열면
저 건너 초록의 아름다운 세상,
작은 만灣을 안고 가는 봄바람과
잠자는 물고기의 집이 보이네

파도는 말하네
돌에게 물을 줘야 해
말라서 부서지기 전에

두렵고 소란한 밤
끊임없이 섬을 두드린 파도는
모래톱을 거니는 신들의 웃음
섬은 날마다 안부를 물어주는
초록 바람에 감겨

온몸으로 신들의 말을 듣네
먼 옛날부터 지금까지
비단물결 타고 오는 신들을 기다리면
대양 아주 먼 곳에서도
새로운 물고기가 찾아온다네

해변 2

낮의 만灣 풍경과 대조되는 건
낙조 뒤에 오는 흐린 바람,
썰물에 밀린 바다는 먹빛이다
해변의 밤은 적막 속에 있다

아무도 없는
캄캄한 해변을 거닐면
완연한 처녀로 자라
아버지의 그늘에 나를 보태고
어머니의 안방에서 사랑을 배웠던 시간이
끝없이 밀려오는 파도 위에 떠돈다

내 안에 깊이 가라앉아
숨 막히던 기억들
그 무수한 뒤척임,
잊어버리고 다시 찾지 않던
가을 같은 사랑을
해 오르는 아침에는 다

떠올릴 수 있을까

여러 갈래로 흩어진 옛길과
어둡고 더딘 밤을 지나온
이 해변에서의 시간은
어떻게 문을 닫으면 될까 또
어떻게 기억하면 될까

찌그러진 달

올라갈 테면 올라가 봐
마녀의 거울을 벗어나
발꿈치를 들고 물을 밟고 올라가 봐
둥글게 세운 거울왕국에는
물결만 머리칼을 들출 거야

가면 안 돼, 거기는
어리석음의 구렁텅이야
둥근 거울 속
네가 들어가 춤추는 모습이
야릇한 느낌으로 들뜨게 하지만
그래 봐야 소용없어

아름다운 여자가 울고 있어도
들어주지 마, 거기는
거울 속일 뿐이야
눈을 감고 있어야 해
네가 가고 있는 왕국은

물속으로 가라앉은 거울,
달은 이미 찌그러지고 있어

의문, 푸른색의

1

달개비 꽃이 피었다
해마다 똑같은 자리에서 맴도는
이 식물의 푸른빛은 어디서 온 걸까
햇빛 가득한 뜰에서
조그만 소쿠리에 달개비를 따던,
푸른 물든 어머니의 손은
왜 그리 슬퍼 보였을까

2

어둠이 무언지 모르는
어린아이에게
매일 아침 환하게 다가오던 바다
그 푸른빛의 시간이 얼마나 아름다웠는지,
너무 빨리 세월은 흘러
이젠 아빠보다 나이가 더 많은데
나는 왜 아직도 아이로 남아
그 시간으로 가고 있는 걸까

3
봄 숲에서 찾은 은방울꽃 향기를,
제 땅에 뿌리박힌 그것을 데려와
좁은 화분에 심어놓고 슬퍼했다
들숨처럼 가슴 속 깊이 들어왔다
무겁게 눌러앉은 것
어떤 바람으로도 토해낼 수 없는
그것은 무엇일까
향기롭게 내 안에 눌러 앉은
이 푸른 아픔은 무엇일까

이집트의 추억

"범람하던 나일강 푸르고
왕비 네페르타리, 즐겁고 상냥하다
신을 벗은 뽀얀 발 대추야자 숲으로 내밀지만
고개 돌리면 먼 곳, 왕이 원정 가 있는
피-람세스* 거처엔 왕비가 없다
람세스**의 이집트는 쓸쓸하다

커다란 테베 궁전의 한낮
늙은 사자와 함께 네페르타리, 콜콜 잠든다
그녀가 푸르고 풍요한 이집트를 꿈꾸면
람세스는 왕관과 전투복을 벗고
그녀의 꿈속에 들어 사랑한다"

빛나는 금빛 왕궁과 신전 안에서,
아름다운 고대의 사랑 안에서
이집트의 긴 시간 되돌리고 나는
네페르타리처럼 그윽하게 앉아 있다
만지면 영혼조차 부스러질 것 같은

모래도시에서 본 푸른 배경

먼 세월 거쳐와 내 사진 속에 멈춰 있다

*나일강 삼각주에 람세스가 건설한 수도.
**이집트 제19대 왕조의 3대 파라오(람세스 2세).

속삭임

소리를 내는 생물
소리를 듣는 생물
숲속에 사는 온갖 것들의 소리를
숲은 조용히 듣고만 있을까요
바람이 숲을 건드리면
거기 어떤 정령 있는지
숲이 가만가만 무슨 말을 해요
그 소리의 뜻을 알지 못하지만
교감하는 무엇이 있어서
서늘하거나 포근하게
머리끝에서 발끝까지 훑고 가는
소리의 기운을 느끼죠
사람의 온몸도 숲속에 동화돼요

오늘 바로 숲으로 가 보세요
그 안엔 수많은 소리들이 살고
분명 당신의 숨소리도 음파를 타고
온 숲으로 퍼져나가는 걸 느낄 거예요

노을 환한 산 속,
잠시 무념의 세계에 들면
속삭이는 목소리, 평안한 숨결
그건 내 것이 아니라
나를 위해 숲이 속삭이는 소리죠

빛, 그 오후의 흔적

1
마른 수풀 사이
바람 지나가는 소리가 들려
내 노래는 인위적이지만
그 속에 녹아들고 있어
꿈에서 본 태양처럼
무섭도록 환하고 뜨거운 느낌
이 의식 바깥에서
내 안으로 스며들고 있어

2
흙은 젖고
뜰에 머문 햇살이 손에 잡혀
선하고 상냥한 연둣빛
재스민 라일락 오렌지
천 가지 새 꽃 품은 채
문안에 스며온 바람처럼 조용하고
아침이면 활짝 피어날 꽃, 이슬,

치맛자락 가득 싱싱한 봄날 오후의
내 빛이, 내 소리가 들려

비의 정원

간밤 서늘한 비에

내 꽃들 다치지 않았으면 좋겠다

얼룩지고 쳐진 몸이

한밤을 지나

다시 꽃처럼 활짝 피었으면 좋겠다

밤사이 내린 비처럼 아픔도

잠깐만 왔다 갔으면 좋겠다

다시 꽃에 깃들다

지는 꽃 보기 싫다 하고
어찌 꽃을 심지 않겠나
열흘 피는 꽃 보려
일 년을 기다리지 않겠나
한때 나도
어여쁜 꽃으로 핀 적 있었으니
누군가 나를 다시 심어
꽃으로 피워 주려나
그리하여 '네가 내게 깃들기를'
하고 말해 주려나

푸른 배경

가우디의 건축물들을 본 적 있다 온 세계 사람들이 격찬하
는 그의 건축물, 조형물에 나는 이상하리만치 희한한 거부감
을 느꼈다 그 외형은 결코 아름답다 생각되지 않았고 약간은
괴기스럽기까지 했다 장난기 가득 찬 모자이크나 바위들의 조
형이 멋지다는 생각도 전혀 들지 않았다 곡선으로 겹쳐진 건
축물 사이사이 크게 자란 나무들이 훨씬 더 아름답고 자연스
러웠다 날고 있는 새들 또한 가우디의 조형물에는 조화되지
않는다는 생각이 들었다 건축물에 대한 나의 오랜 고정관념으
로는 도무지 이해할 수 없었다 궁전 지붕 위 이상하게 돌출된
굴뚝을 쳐다보고 즐겁게 웃는 사람들을 그냥 물끄러미 바라보
았다 하지만 나는 그의 건축물 전부를 보지 못했으므로 내 눈
은 오류 속에 있었을는지도 모른다

건축물과 새
새와 나무
건축물과 사람
사람과 새와 나무, 건축물에서
사람과 건축물을 빼고 나니
푸른 배경이 남았다

스무 살에

"햇빛이 문을 활짝 열어주면 저
바람살은 또 얼마나 상냥한가"

스무 살에, 잠깐 늙은이가 된
꿈을 꾸고 있었다고
터무니없는 꿈이라고
현실이 아니라 조금 뒤에 깰 꿈이야
그러면 얼마나 좋을까 하고, 가끔

스무 살로 돌아가
스무 살 하늘 아래 누워
눈부신 햇빛을 읽었다
머릿속 말갛게 비우고
스무 살로 돌아가……

고요한 정원

한때 살아나고 죽고
잎과 꽃이 피고 수많은 벌레들이 기거하고
향기로운 바람이 가득 차 있던 정원,
눈이 쌓여
고요하기 이를 데 없다

내 삶은 무척 명랑해
상냥한 푸른 바람 속이었다
햇살처럼 내려앉아 가볍게 빗장 풀고
생의 정원 내다보면
기억할 수도 없는 수만 가지 꽃들이
피고 또 졌을 텐데
오래도록 남아 애절하게 나를 안아준 건
망막 속에 일렁이는 흑백 음영陰影,
그것이 정작 무엇인지 모른다 해도

아직도 나의 정원에는
낙엽이 쌓이고 봄바람이 불고

일상의 수많은 가치 있는 것들,
경외할 즐거운 샘이
끊임없이 솟으리라 믿고

저 고요한 정원의 눈 위에
또 무언가를 심으려 한다

불소리 5
　—복사기

백지, 기다림,
그 위에 덧댄, 모르는 존재
생각의 중간쯤 살갗이 떨린다
감당할 수 없는 아르페지오!
누구일까

무얼 하는 게 사는 일인지
백지처럼 하얀데
비워놓은 공간으로
불꽃처럼 시간이 타들고 있다
줄줄이 복사되는 사람도 타고 있다

불은 거짓말처럼
찌꺼기만 남길 텐데

환상일까, 이 요란한 기계는
백지 위에 여러 명의 얼굴을 남겨 놓고
일상의 공백 채웠다는 듯

까딱, 고개를 숙인다

찌꺼기를 위하여?
아! 현상수배

어디선가 나뭇가지를 태우는
불안하고 불편한 모닥불 소리
어디서 다시 타고 있을까
환상의 찌꺼기들은

깨끗하고 하얗고 예쁜 발

테라스 건너 푸른 보리밭이 보이는 집
둥근 기둥에 기대어
그 밭 사이 길로 달려가는 꿈을 꿀 때가 있어요
초록 공기에 동화된 여자애가
해처럼 빛나고 있는 시간에요

치마를 걷으면 하얗고 조그만 발이
마음보다 앞서가고
바람이 평평한 보리밭 자락을 물결처럼 흔들면
누군가 먼 곳에 있던
싱싱한 그리움을 보내 주지요
그래도 아이는 그것이 무언지 알지 못하지만
궁금하지 않아요
그냥 보리밭 자락 끝나는 곳까지 달려가요
깨끗하고 상냥한, 예쁜 발로요

4

끈끈한 끈

그때는 열 번은 예뻤고
한 번만 미웠다
지금은 열 번을 밉고 한 번 더 밉다

그때는 아무것도 몰랐고
지금 역시 아무것도 아는 게 없고

밥을 먹다가는 숟갈만 놓으면 그만인데
이 기막힌 끈은 잘라 버리면 더 튼튼한 새 줄이
하늘에서 내려온다고
법원 문 앞까지 갔다가 또 되돌아 왔다

결국 남의 편이 죽고 난 뒤 여자는
대문을 걸어 잠그고 방문도 잠그고
내리 사흘 동안 푹
잘 자고 나왔다

뭔가 분명히

뭔가 분명 내 안에 있고
그게 고물거리며 나를 재촉하는데
머리를 긁적이며 골똘해져도
무언지 알 수 없다

등이 차갑고 쓸쓸하다
어딘가 아픈 것 같기도 하고,
뒤 꼭지를, 장난기 많은 까만 유령이
가만히 지켜보고 있는 건 아닐까
아무도 없다는 걸 알면서 휙
뒤돌아보는 참 하릴없는 몸짓

한겨울 찬바람 문밖에서 덜컹거린다
뭔가 분명 그릴 게 있는데
백지보다 마음은 더 하얗다
밤사이 내린 눈, 사각사각 발자국 남기며
누군가 다녀간 것 같고

상처

어느 밤 내 뜰에만 내려온
따뜻한 달이
오래 만지작거리던 제비꽃처럼
푸른 물 든 사람의 사랑
그 아름다운 상처를
투명한 이슬을 밟은 듯
부질없는 걸음으로 돌아서서 보면

뭉클뭉클 넘치던 사랑이
기쁨과 함께 따라온 아픔이란 걸
그 상처의 시간에
내가 가장 빛날 수 있었다는 걸
지금도 알 수 있는데

상처가 그어놓은 길 더듬어
새로 핀 푸른 제비꽃,
그 위에 포개진
아직도 아물지 않은 사랑
아직도 끝나지 않은 사랑

이율배반

여름엔 따뜻하고
겨울엔 시원한, 그런
사람이 있다

가자고 하면 멈추고 잠시 쉬노라면
혼자 저만치 가버리는,
배웅하고 싶지만 마중하기 싫은 사람
아무렇지 않은지, 그렇지 않은지
헷갈리는 사람
겨울에 부채질해 주고
여름엔 군불 때주는, 그런 사람과
참으로 힘들게
같이 밥을 먹은 적 있다

미안하세요

당신은 한곳만 응시하고 있네요
어딜 보고 있나요
초점이 없는 걸 보면

아무것도 안 보는 게 맞겠죠
창 아래 꽃을 피워놓고 보라 하니
고개를 돌리더군요

손사래 치는 나를 따라오다가
내가 넘어지니까
잡아주지 않고 가버린 건
멍청한 오만이었나요
궁금하네요

당신은 다른 사람이 볼 수 없는
유리벽 속에 혼자 갇혀 있나요
머릿속에 아무것도 없거나
이상한 게 들어 있어서 몹시 아픈가요

아예 생각을 할 수 없으면
어떻게, 무엇으로 살아가나요
아메바같이 종種의 번식을 위해서인가요
그 외엔 무엇이 있나요

당신이 나를 따라온 건 참으로
끔찍한, 큰일 날 뻔한 일이었죠

무시무시하진 않지만
단세포 아메바처럼
괴상하기만 한 당신은
꽃에게, 내게 할 말이 없나요

뭔가 중얼거린다 해도
미안하다는 말은
할 줄 모르겠군요

얼음사람

거기, 햇빛이 온 적 있나요
그랬다면 꽃이 피거나 바람이 왔다 가거나
조그만 벌레가 기어 다니거나
그리했을 텐데요

당신 사진 배경에는 아무것도 없군요

온통 회색으로 둘러싸인 공간에서
무슨 짓을 하면서 살아가나요
꽉 다문 입과 콘크리트 벽이
잘 어울리긴 하지만,

이른 아침 참새처럼 재잘거려 봐요
두 손을 귀에다 대면
바람소리가 들리지 않나요

눈사람처럼 얼어서, 언다는 건
아주 슬픈 이야기를 듣는 것 같아서

눈동자가 새파랗게 변하는 것 같아서

얼음옷을 벗고
내 발소리를 가져가요
그렇게 오늘은
따뜻한 사람으로 있어요

별을 따다 준다는 사람 없지만

가령,
지금도 폭발하고 있는 초신성이
지구에서 태어나고 있는
사람의 숫자와 같다 하고
저 별은 네 것, 저 별은 누구의 별,
그렇게 나누다 보면

우주 먼 곳 어디엔가
내 별도 하나 있을 거라고
잠깐 마음이 떠서
가난하지 않은 믿음이 하늘로 떠서

태생이 원래 뭉개진 발처럼 느린데도
꾸역꾸역 게으른 걸음은
하늘을 향하고

더러 떨어져 나간 별 부스러기가
땅 위에 굴러다닐지 몰라,

내 것이라고 챙겨야 하는데⋯⋯

별을 따다 준다는 사람 없지만
지금도 타는 별 사이
식어서 파랗게 빛나는 나의 별

정지된 밤을 건너다
―나의 천국에 그대가 없다 1

'잘 가세요'라는 말 대신
'잘 다녀오세요'라고 말하고 싶었다

낯선 사람들을 지나 낯선 향기를 지나
다시 한 번 큰 숨 들이켜고
거기, 불 꺼진 테이블 위
캄캄한 그의 체온을 버리고

돌아와 문을 닫으면
머릿속으로 하얗게 부서져 오는 기억들이
왜 이리 차가운지

발 아래 지천 꽃대 떨구며 그는 다른 세상,
먼 곳으로 떠나가는데
'잘 가세요'라는 말 대신
검은 치맛자락을 깔고 손 흔들었다

돌아보았을까

먼 풍경 안에 찍힌
한 점 얼굴, 눈물 같은데
차마 할 수 없는 말들
어두운 길 위로 유성처럼 떨어지는데

정지된 시간을 벗어나
캄캄한 밤을 건너 그는
어디로 가는 걸까

별이 된 이를 찾아
—나의 천국에 그대가 없다 2

오늘도 나는 유령처럼 침묵하다가
고요한 눈물의 강을 퍼 내고,

홀로 맴도는 검은 옷자락을 밟고
하늘 높은 곳으로 영혼을 밀어 올려
별을 찾아 갔다가
별을 따 왔습니다

별을 따 왔다는 엄청난 일이
과오를 찾아간 꼴이 될 수도 있지만
새파랗게 반짝이는 별 속을
마구 돌아다니는 나는 이 별의 주인이고
별을 가졌으니 부자입니다

별이 된 이를 찾아 떠났으나
내가 따 온 별에는
나 외엔 아무도 없습니다
나는 유령처럼 또 침묵하고

더 깊은 생각에 골똘하다
자정을 넘겼습니다

죽은 남자를 위한 파반
—나의 천국에 그대가 없다 3

천국에는 하고 싶은 것과
할 수 있는 것만 있을 거라고
어지러운 세상을 빠져나가
천국으로 가버린 그는……

낙엽이 되는 순간의 단풍같이
어찌 그리 애달픈 바람을 만났을까
어찌 그리 애달픈 강을 건넜을까

희망이 자취를 감춘 곳에
슬픔이 뭉쳐서 떠돌아다닌다고
가슴을 두드리며 울던 그는
이제 천국에서
하고 싶은 것만 하고 있을까

검은 옷자락을 밟은 채
유령같이 춤추는 그의 여인,
"이제 나의 천국에는 그대가 없다"라며
하염없이 흐느끼는데

빛의 모양

눈을 감으면
캄캄한 배경 안에 살아나는
수없이 많은 빛, 온갖 모양이 보일 때가 있다
망막 안에 기하무늬를 이루는
프리즘 같은 빛의 형상, 아름다운
암흑 속 딴 세상에서 더 캄캄해지려
손바닥으로 두 눈을 누르면
혜성처럼 꼬리를 단 별들이
차례로 원을 그리다 흩어지기도 한다

검푸른 비단에 흰 보석 같은 수를 놓아 털면
밤하늘에서 별들이
무더기로 쏟아지는 것이 보인다
그걸 치마폭으로 받아보면 안다
빛의 모양이 어떠한지는,

내 마음 문에도 수많은 별이 걸려 있어
등불 없이 지나가는 세상 길
영롱한 빛 천지다

착각하기

길 위에 쏟아둔 기억을 밟고
별이 진다
그에게로 가고 싶다

지난 시간이 그리운 게 아니라
다가올 시간이 그립다 하고
낯익은 마을 끝집에서
날 기다리는 그가 있을 거라 착각하고

꽃이 되었다가 바람이 되었다가
그에게서
덤으로 받은 위태롭던 시간을
사랑이었다고 착각하고

별이 지는 솔길 따라
그에게로 가고 싶다

그리운 것들

대숲 서걱이는 소리
떡갈나무 잎 위로 떨어지는 빗소리
서쪽 창으로 초승달 기울 때쯤
개울물 찰랑이는 소리
듣고 있다 희미하게, 그러나 오래 익숙한

묵혔던 책장 하르르 펼치는 소리와 함께 학교에서 처음 받
은 새 책에서 나던 그 냄새, 이 닦아라 재촉하던 치약 화한 냄
새, 아파 누워 있을 때 도란도란 식탁에서 흘러나오는 된장국
냄새, 쌀죽 끓여 내게 가져오던 어머니 하얀 앞치마에서 나던
장 달이는 냄새 그립다

뜰에 피었다 지던 치자꽃 향기도, 어머니 옷가슴 열고 하 덮
다 부채질할 때 나던 냄새도 기억해 보면 그리운 시간 속에서
헤어나지 못하는데 잠결에 듣던 어머니 말소리, 문득 그리운
소리 그리운 냄새 따라 그곳으로 가고 싶은데

대문 활짝 열고 반기던 아버지 어머니 안 계신다
개울물처럼 예전에, 예전에
먼 곳으로 흘러가 버리셨다

물의 모양

—Fjord

1

낯선 협만峽灣의 절박한 바람결
눈이 아리도록 검푸른 물속에서
몸을 닦는 단애의 끝없이 캄캄한 내부

물그림자 어디쯤일까
물의 동굴 속 어디일까
어머니의 목소리가 울린다
모서리 진 어느 구석이라도 찾아내
깎고 다독이고
회초리로 여러 번 채근하던
그런 어머니가 이곳까지 와
저 푸른 물속에 있다

먼 곳에서 보면
물 밖으로 드러난
아름답고 완만한 단애의 형태
길고 깊은 협만 장엄한 자취는

빙기氷期의 유구한 낮밤을 다투어 온
물의 흔적일 것이나
정작 물은 자신의 모양이 없다

나로 인해
오래 고단했던
내 어머니처럼

자폐 2
— 1998년 8월

가을이 왔다 그 팔월이 가고, 오동나무숲 서늘한 바람 속에
섞이어 참을 수 없도록 아프게 한 그의 행선을 잊고 바람과 비
안개의 계곡에 죽은 사람들을 버려둔 채 나는 가을의 입구로
왔다 누런 말을 타고 오래된 목장의 낯익은 길을, 덜컹거리는
문을 통해 가을이 왔다 황폐해지지 않은 곳 어디에 있던가 사
람의 슬픈 것과 뻘밭 같던 불면의 기억, 끈적이는 여름 흔적을
씻어내며 졸음이 온다 태양이 머리 위에서 가장 뜨거웠을 때
바다로 가는 길을 그리워하면서 기다리던 전화조차 받지 않았
다 수련의 연못 위에 지난해 날던 잠자리는 오지 않았다

팔월의 비행기* 안에는 특별한 주인공이 없었고 생사生死는
모든 사람들에게 병病처럼 주어졌다 죽은 이들의 관 위에서
흰 국화는 천사의 옷깃처럼 나풀거렸다 산 사람들만 그것이
꽃이란 걸 알았다

긴 여름의 끝은 그를 위해 쓰다 만 진혼곡과 함께 끊어진 전
화를 기다리는 으슥한 곳, 웅크린 채 내가 잠드는 곳에서 시작
되었다 가시만 남은 햇빛은 저물면서 살아남은 이들의 몸을
덮어주고 갔다

어쨌든 가을이 왔다 나는 흙 속에 엉키듯 웅크리고 앉아 아픈 소리를 내어 본다 깊고 좁은 동굴 같은 방 안엔 그 팔월의 비행 흔적이나 선을 끊은 전화 대신 붉은 잠자리가 날고 있다

길고 긴 진혼곡 사이, 느릿느릿

*1998년 8월 괌에서 추락한 대한항공 여객기.

미랭시 微冷尸*

"미풍에 팔랑이는 나뭇잎처럼
작은 손짓에도 흔들려주던
푸른 날의 그가 그립다"

고요한 저녁 강을 바라보며
울고 있는 남자가 있어요
눈물이 닳고 없어 마른 눈으로 울어요
새까맣던 눈동자가 회색으로 변하고
가장자리조차 선명하지 않네요
투명한 푸른 빛 돌던 흰자위는 마치
오래된 흙길처럼 누래요
머리카락도 빠지고 이도 빠지고
몸 속 영양도 다 닳아
마르고 불편해진 다리는 후들거려요

미랭시,
우리는 이런 사람과 같은 시간을
같은 길을 가며 닳아가고 있네요

이 길을 되돌아갈 수는 없어요
어느 날 나도 낯선 강가에 앉아
어쩌면 저렇게 울고 있을지……

늦기 전에
작은 목소리에도
귀 기울여 주는 사람 찾아
마음이 흔들려야겠다 생각해 보지만
쉽지 않을 거예요

*아직 식지 않은 송장.

아버지는

아버지는 태양에 그을린 흙을 밟고 있을 때가
가장 마음이 좋다고 했죠

들판에 선 물푸레나무가
잎사귀를 반짝이며 흔들리는 건
아무도 불러주는 이가 없어 그렇다 했고요

금빛 노을의 새벽 바다가 천계의 빛깔이라고 하는,
바다를 통째 건져 올릴 수 있는 아버지는
우리 아버지뿐이었죠

아버지가 마당가에 꽃을 심다가 웃는 걸 보면
꼭 연애하는 소년같이 볼이 빨갰는데요
아마 사월 바람이
꿈같이 지나가는 시간이었을 거예요

그런 아버지가

나를 내려주고 떠난 기차처럼

이제 다시 돌아오지 않으세요

한 장의 편지도 없어요

나비, 어느 날의 혼돈

어머니는 여러 장의 편지를 쓰셨다

어느 날 잠에서 깨어났을 때
숲의 비안개를 볼 수 없거나
내가 키운 꽃들의 이름을
알 수 없거나 그러면 어떻게 하나
사람들이 나를 찾아오는 길 놓쳐 버리고
나의 이름조차 잊어버리면 어떻게 하나
온통 보랏빛으로 물들여 놓은 마당가의 내 꽃들,
먹먹한 가슴에서 치밀어 오르던
기쁨과 슬픔을 두고
먼 곳에서 누군가 나를 부르면

나는 곧 가야 할까

하얗고 작은 나비가 기웃거리는 책상 위에서
사랑하는 사람들에게 쓴 편지는 접어
집 앞에 선 빨간 우체통에 넣고……

형이상적 사유와 아름다운 환상

이 태 수

형이상적 사유와 아름다운 환상

이 태 수 / 시인

ⅰ) 정유정 시인은 형이상적形而上的인 사유思惟를 젖은 감성과 서정적인 언어에 녹여 부드럽고 아름답게 착색한다. 그 정서의 결과 무늬들은 환상幻想을 떠받들고 있으며, 안팎으로 번지고 스미는 '꿈의 세계'를 가까이 끌어당기거나 그 이상향理想鄕으로 비상하려는 마음에 날개를 단다.

시인은 산중山中의 집 투명한 유리벽 안에서 바깥을 내다보거나 내부로 시선을 돌리면서 현실 너머의 신비神祕와 비의祕義의 세계를 찾아 나서며 끊임없이 꿈을 꾼다. 그 꿈은 지난날과 지금, 앞날에까지 분방하게 길항拮抗하지만, 어둠과 밝음을 넘나들면서 궁극적으로는 초월을 향한 길트기, 무상無常과 포용의 길 걷기로 귀결되는 심상 풍경心象風景에 주어진다.

이 서정적 환상은 푸른빛을 띠거나 무채색을 동반하기도 하고, 끝내 비어버리고 말지라도 바라는 바의 이데아를 향해 열리고 있으며, 상실喪失과 박탈감을 넘어서는 따뜻한 사랑의 회복과 그리운 사람들과 함께하고 싶은 소망을 깊숙이 끌어안는 양상으로 비치기도 한다.

ii) 시인의 일상은 거의 산중에서의 삶에 무게가 실리며, 낮보다는 밤이 안겨주는 정서들로 채워진다. 이 때문에 그의 시편들은 일상적인 삶의 현장에 천착하는 경우가 드물고, 낮이든 밤이든 주로 집에 머무는 동안으로 제한되는 세계와 그 공간에 초점이 맞춰져 있다. 사람들 사이에서 부대끼며 살아가는 현실보다는 자연과의 친화親和나 그 속에서의 꿈꾸기와 자기 성찰自己省察에 무게 중심이 주어져 있기 때문이다.

시인은 자신이 살고 있는 산중을 심지어 "길모퉁이의 조그마한 집"(「시월의 집」)이라고 여기는가 하면, 산중의 자연을 내면으로 끌어들여 온갖 느낌과 생각들을 투영하고 투사投射한다. 이 같은 시선과 시각은 거대한 자연(산)도 그만큼 친밀하게 시인과 밀착돼 있다는 뉘앙스로 읽히게 하며, 그 자연은 있는 그대로의 자연이 아니라 시인의 서정적 자아自我가 내면화(세계의 자아화)하고 주관화한 공간이라 할 수 있다.

시인이 사는 산중은 "그 집에 울긋불긋 그 산이 산다 / 시월 그 집에 내가 산다"(같은 시)는 구절이 말해 주듯, 산이 산의 집이 되고 산이 '나'의 집이 되어 주는 '자연'과 '나'의 일치一致의 세계로 자리매김하고 있다. 게다가 시월의 집(산)에 사는 산은 울긋불긋 단풍들고 '나'도 같은 처지이므로 하나로 어우러지는 일체감을 보여 주기도 한다.

「창 1」에서와 같이 시인은 그 산중 집의 창 안에서 바깥으로 눈길을 주면서 "저 사각의 창밖으로 / 얼마나 많은 구름이 지나갔을까요? / 얼마나 많은 바람이 / 창을 흔들며 지나가고 눈은 또 / 얼마나 포근히 창가에 머물었을까요?"라고, 지나가는 세월의 무상無常과 허무虛無를 담담하게 떠올린다. 그 흐르는 세월은 일정한 거리를 둔 채 지나가는 구름과 화자 가까이 창을 흔들며 지나가는 바람, 포근히 창가에 머물던 눈이 암시하듯이 다채로운 빛깔과 무늬들로 미만해 있다.

또한 창 안으로는 "푸르스름한 새벽"이 오고, 햇살 가득한 한낮엔 "노란 졸음"이 밀려오며, 창에 달이 뜨고 별이 뜨는 밤이 오면 "두꺼운 커튼"을 드리우고 내면의 길로 깊숙이 들게도 된다. 이같이 시인은 바깥세상의 흐름을 다각적으로 바라보면서도 내면 성찰內面省察로 눈길을 돌려 시간의 흐름이 아름답든 그렇지 않든 창을 비우고 마음도 비게 하는 허무나 무상과 마주한다. 하지만 이 비움은 좌절과 좌초가 아니라 다시 채우고 일어서기 위한 예비동작이 아닐 수 없다.

「창 2—바다로 가는 길」에 묘사되는 바와 같이, 때로는 바깥세상을 "벚나무를 거느린 아름다운 길"로 바라보고, "모든 길 끝에는 바다가 있다고요"라는 '누군가'의 말처럼 그 길을 "열흘쯤 가다 보면 바다에 닿을"(같은 시) 수 있으리라는 희망의 끈을 놓지 않고 있다. 말하자면, 산중 집의 방에서 창을 통해 바깥세상을 끌어들이고, 이상향理想鄕과도 같은 꿈의 세계로 나아가려는 의지에 불을 지핀다고 할 수 있다.

그러나 '창 안'(현실)에서 동경하는 '바다'(이상 세계)는 '몽환夢幻의 뜰'을 벗어나고 "또 무엇이 구름처럼 흘러와 / 창 안의 나를 불러 줄" 때라야 이루어질 수 있다는 전제를 하고 있어 그 동경과 현실의 괴리감을 시사示唆한다. 게다가 현실보다 비현실(환상)의 세계, 꿈의 세계에서는 동경의 대상이 여전히 멀고 소멸의 숙명에 놓여 있다고 하더라도 한결 아름답게 그려진다는 점을 흘려보지 말아야 한다.

"한밤중 꿈결에 창밖을 본다 / 알 듯 알 듯 희미한 웃음 남기고 / 가을 달님이 간다"로 시작되는 「잠과 꿈」에서 시인은 창문 앞에 머뭇거리며 서 있는 늙은 솔(소나무)을 자신(화자)의 처지에 비춰보기도 하고 "하늘은 여전히 멀다"고 토로하면서

119

금빛 달님 아직도
서쪽으로 간다
서로 어여쁘다고 말하던 꽃들도
깊은 잠에 들었다
처연한 달빛만 방 안에 소복한데
환히 열린 꿈속 얼굴
고쳐 벤 베갯머리에 선명하다

—「잠과 꿈」 부분

고, 기울고 있는 달의 모습을 신비와 비의의 대상으로 미화한
다. '달'에 '금빛'이라는 관을 씌우고 '님'이라는 존대어를 쓰고
있을 뿐 아니라, 달이 소멸을 향해 흘러가는 모습을 '아직도'라
고도 수식한다. 게다가 서로가 어여쁘다고 예찬禮讚하던 꽃
(생명의 절정)들이 잠들었는데도 처연한 빛을 비추며 하염없
이 하늘(허공)에 떠가는 달을 "환히 열린 꿈속 얼굴"로 신비화
하고 "고쳐 벤 베갯머리에 선명하다"고 치키고 있다.

'반달' 모습 역시 '금빛'으로 바라본다. 또한 반달을 '고르게
뛰는 심장'으로 인격人格을 부여해 격상시키는가 하면, 반달이
떠오른 그 "덧없이 아름다운 시간"(「붉은 양귀비」)이 잠 못 이
루게 하고, 시인(화자)의 심경心境을 한낮에 본 붉은 양귀비가

눈가에 어른거리게 한다고도 그린다. 더구나 반달이 촉발하는 시인의 간절한 심경이 양귀비꽃의 모습으로 전이轉移되고 비약된다.

이제라도 사람 껍질 벗고
꽃이 되어 볼까

발갛게 달아오른 달빛으로
양귀비꽃 덮어주고
그 빛깔처럼
무명천에 자리한 어여쁜 나의 꽃,
곱게 감싸
아주 먼 시간으로 보낸다

—「붉은 양귀비」 부분

시인은 심지어 사람 껍질을 벗고 양귀비꽃으로 변신하고 싶어지며, 달아오른 달빛으로 양귀비꽃을 덮어주고 곱게 감싸 안아 아주 먼 시간으로 보내게도 된다. 고르게 뛰는 심장인 반달은 이윽고 시인이 '나의 꽃'으로 명명하는 양귀비꽃과 짝이 되고 하나가 된다.

하지만 이 시를 또 다른 시각으로 들여다보면, 붉은 양귀비가 여성성의 상징象徵으로 읽을 수 있다. 여성이 치르는 생리현상과 그 피의 빛깔을 '발갛게 달아오른 달빛'과 '양귀비 꽃빛'에 비유하는 것으로 보이기 때문이다. 그래서 시인은 "무명천에 자리한 어여쁜 나의 꽃"이라고 시들지 않은 여성성을 기꺼워하면서도 그 생리현상의 끝에 이르러 "곱게 감싸 / 아주 먼 시간으로 보낸다"고 아쉬워한다. 그의 시는 이같이 보는 시각에 따라 달리 볼 수 있는 복합성과 애매성을 거느리는 경우도 적지 않다.

그의 시에는 '천사天使'가 이따금 등장하는 점도 주목된다. 「내 안의 천사」에서 그려지듯이, 시인을 찾아온 천사는 커다란 자루를 내려놓고 곁에 앉기도 하고, 남루한 옷을 입고 털복숭이 같은 머리카락을 풀어놓으며 자신에게 기대어 쉬는 모습으로도 묘사된다. 게다가 "그가 옷을 털고 내게서 떠날 때까지 나는 산 속에 머물러야겠다 산중 어둠과 슬픔 가득 찬 그의 자루를 보듬고 여기서 나도 쉬어야겠다"고도 한다. 시인에게 천사는 이같이 범상한 의미를 벗어나 있으며, 가여운 모습으로도 그려져 있다.

그렇다면 시인에게 자루 속에서 해묵은 봄을 가져다주는 그 '누더기 천사'는 어떤 존재일까. "눈보라 속에 붉게 떠오르는 태양"(「눈보라 속 태양」)으로 환치換置된 '진정한 자아'이고, 일상적 자아로서는 '가여움의 대상'이기도 한 것으로 그려진다.

어떻게 날아갈 것인가
가여운 천사!
찬바람이 두께를 더하는
바깥세상 말해주고 싶은데
봄꽃 푸른 숲 붉은 낙엽 지나
또 눈 쌓인 겨울,
"이제 가세요!"라고 말하고 싶은데
그는 나를 홀로 두는 걸
온 세상 아픔으로 아는지
먼 하늘에 비치는 사각의 창 안에 갇혀
움직이지 않는다
　　　　　　　　　—「사각의 창·산중 일기 9」 부분

이 시에서도 느끼게 되듯이, 시인에게 천사는 '천상적인 영적 존재'라기보다 '진정한 자아', 세속적 자아를 보다 높은 차원으로 끌어올린 '참된 자아'라고 할 수 있다. 아무튼 시인은 천사가 자신을 가엽게 보기보다 자신이 천사를 가엽게 바라보는 점은 눈여겨보게 한다. 이 같은 시각은 진정한 자아에 이르지 못하는 비애의 다른 표현일 수 있고, 보다 적극적으로는 그런 지향의 역설적逆說的 의미일 수도 있을 것이다.

시인이 봄, 여름, 가을을 지나 한겨울이 왔는데도 날아가지 않는 천사를 자신과 함께 사각의 창 안에 갇힌 채 움직이지 않는 것으로 그리는 건 "나를 홀로 두는 걸 / 온 세상 아픔으로 아는지"라는 대목이 암시하듯이 진정한 자아에의 열망을 역설적으로 말하고 있는 것 같다. 그래서 시인은 그 비애悲哀를 "먼 하늘에 비치는 / 사각의 창 안"이라고 표현하며, 그 지향을 멈추지 않겠다는 결의決意까지 완곡하게 내비치고 있다.

iii) 시인은 사계四季 중에서 봄과 가을을 각별히 선호하며, 봄보다도 가을을 더욱 친근하게 여긴다. 바닷가에서 성장한 탓인지 봄철 "해변의 풀밭은 / 다른 곳보다 더 새파"(「고도孤島」)랗다고 느끼며, "선하고 상냥한 연둣빛 / 재스민 라일락 오렌지 / 천 가지 새 꽃 품은"(「빛, 그 오후의 흔적」) 봄에는 "아침이면 활짝 피어날 꽃, 이슬, / 치맛자락 가득 싱싱한 봄날 오후의 / 내 빛이, 내 소리가 들려"서일까. 내리는 비도 그 봄이 품고 있는 꽃의 빛깔과 그 향기 등을 다치게 할까 보아 우려해마지 않는다.

간밤 서늘한 비에

내 꽃들 다치지 않았으면 좋겠다

얼룩지고 처진 몸이

한밤을 지나

다시 꽃처럼 활짝 피었으면 좋겠다

밤사이 내린 비처럼 아픔도

잠깐만 왔다 갔으면 좋겠다
　　　　　　　　　　　—「비의 정원」 전문

　이 시에는 피어 있는 꽃들을 "내 꽃들"이라 여길 정도로 꽃들이 훼손될까 우려하며, 비(=아픔)도 잠깐만 왔다 가고, 자신도 꽃처럼 활짝 피어나기를 소망하며, "잎과 꽃이 피고 수많은 벌레들이 기거하고 / 향기로운 바람이 가득 차 있던 정원"(「고요한 정원」)을 기억 속에 소중하게 갈무리한다. 나아가, 오래 기다려 잠시 필 꽃을 보게 되더라도 꽃을 심으려 하며, 한때 피었던 꽃 같던 자신이 누군가가 다시 피어나도록 해 주고 그 누군

가가 꽃이 된 자기에게 깃들려 하기를 바라고 있다. 이처럼 꽃
은 시인에게 생명력의 절정絶頂과 사랑의 상징이다.

지는 꽃 보기 싫다 하고
어찌 꽃을 심지 않겠나
열흘 피는 꽃 보려
일 년을 기다리지 않겠나
한때 나도
어여쁜 꽃으로 핀 적 있었으니
누군가 나를 다시 심어
꽃으로 피워 주려나
그리하여 '네가 내게 깃들기를'
하고 말해 주려나

—「다시 꽃에 깃들다」 전문

한편 시인은 서늘한 비바람이 부는 '비의 정원'이 아니라 "아
직도 나의 정원에는 / 낙엽이 쌓이고 봄바람이 불고 / (중략) /
저 고요한 정원의 눈 위에 / 또 무언가를 심으려 한다"(「고요한
정원」)면서, 모든 사물들이 온전하게 제 빛깔과 향기, 소리들
을 그대로 거느리는 고요한 정원이기를 바란다. 「스무 살에」에
서도 "머릿속 말갛게 비우고 / 스무 살로 돌아가"고 싶어 하듯,

가장 순수하고 순결하며 젊음(생명의 절정)을 구가謳歌하던 때로 회귀하고 싶어 한다. 이 같은 목마름은 "테라스 건너 푸른 보리밭이 보이는 집 / 둥근 기둥에 기대어 / 그 밭 사이 길로 달려가는 꿈"(「깨끗하고 하얗고 예쁜 발」)과도 무관하지 않을 것이다.

하지만 세월 탓일까. 시인은 유독 조락凋落과 적막의 계절인 가을을 선호한다. "눈부신 가을이 옷자락을 적"시면 "팔을 걷고 두꺼비처럼 엎디어 / 빈 유리병 속의 세상을" 보고, "투명하게 반사돼 찰랑이는 / 황홀한 바다"(「유리병 속 오후」)와 조우하는 환상을 소환召喚한다. 또한 그 "가을 바다의 / 꿈같은 정적에 빠"지면서 "가을 안으로 녹아드는 / 유리병 속 오후"에 마음을 부려 놓기도 한다. 역설이겠지만 시인은 또한 시월이 오면 곧바로 십일월을 기다린다. 그 십일월은

단풍이

바람을 부르지 않고

조용히

사뿐히

참 아름답게

떨어진다

—「십일월 2」 전문

는 아름다움 속이기도 하고, 거기로 취해 비틀거리며 가게 되는 건 "낙엽 쌓이면 문이 열리는 집, / 가을이라는 집"(「만취, 만추」)이 맞이해 주기 때문이며, 「십일월 1」에서 말하는 바와 같이 제라늄 빨간 꽃들이 해를 먹고, 창가에 앉아 조용히 쉬게 되기 때문이기도 한 것 같다. 더욱이 슈베르트의 '겨울 나그네' 중 스물두 번째 곡인 '노악사'와 마지막 곡 '백조의 노래'를 각별히 좋아하기 때문으로도 보인다.

단풍이 금방 낙엽 되는 산중
골짜기 풍경을 스치는 바람이
노악사의 고단하고 슬픈
선율과 닮았을까
그 바람을 타고 오는
십일월 차가운 향기에 온몸 흔들면
그리운 무언가가

가까이 와 있다는 느낌,

(중략)

그의 몸에 든 병을 아파하고
마음의 암흑을 견디어주고
해마다 십일월,
먼 여행 떠나는 그를
내 따뜻한 품에서 배웅하고……

조그마한 의자에 홀로 앉아
오래오래
백조의 노래를 듣는다

―「십일월, 슈베르트」부분

천사를 꿈꾸고 자신의 진정한(참된) 자아를 천사에 비유하는 바와 같이, 아름다운 음악을 낳고 병고로 세상을 떠난 슈베르트의 고단하고 슬픈 생애에 흠모欽慕와 연민憐憫을 보낸다. 그것도 그가 떠난 십일월에 그의 슬프게 아름다운 음악이 가장 가까이 느껴지고, 애달픈 생애를 떠올려 마치 진정한 자아를 회복한 천사처럼 따뜻한 품에서 배웅해 주고도 싶어 한다.

iv) 세상을 떠난 사람들에 대한 시인의 정한情恨의 정서는 그리움과 젖은 연민을 거느린다. 그 정한의 정서는 가족에 대해서는 물론 가까웠거나 소외된 사람들에게로 확산된다. 「아버지는」에서 시인은 아버지를 "금빛 노을의 새벽 바다가 천계의 빛깔이라고 하는, / 바다를 통째 건져 올릴 수 있는" 유일한 존재로 우러러 그린다. "나를 내려주고 떠난 기차처럼 / 이제 다시 돌아오지 않으세요"라고 다시 만날 수 없는 아버지에 대한 안타까움을 떠나버린 기차에 비유하면서 이 세상에 내려진 자신을 돌아보며 그리움에 젖는다. 이 같은 그리움은

> 대문 활짝 열고 반기던 아버지 어머니 안 계신다
> 개울물처럼 예전에, 예전에
> 먼 곳으로 흘러가 버리셨다
>
> —「그리운 것들」 부분

는 상실의 아픔과 절절한 연민을 대동하며, 어머니를 향한 환상은 "하얗고 작은 나비가 기웃거리는 책상 위에서 / 사랑하는 사람들에게 쓴 편지는 접어 / 집 앞에 선 빨간 우체통에 넣"(「나비, 어느 날의 혼돈」)는 안타까움으로 묘사된다. 어머니가 책상 위에 날고 있는 "하얗고 작은 나비"로 바라보는 데 그치지 않고 다른 사람들에게까지 확산되는 사랑을 소환한다. 이 같

은 환상은 가장 가까웠던 사람과의 헤어짐에 대해 "이 기막힌 끈은 잘라 버리면 더 튼튼한 새 줄이 / 하늘에서 내려온다고 / 법원 문 앞까지 갔다가 또 되돌아 왔다"(「끈끈한 끈」)면서도

> 결국 남의 편이 죽고 난 뒤 여자는
> 대문도 걸어 잠그고 방문도 잠그고
> 내리 사흘 동안 푹
> 잘 자고 나왔다
>
> ──「끈끈한 끈」 부분

고 역설한다. 애증愛憎과 정한으로 얽힌 '끈끈한 끈'은 영영 헤어진 뒤 사흘간 대문과 방문도 걸어 잠그게 했다고 하면서도, 그 심경을 다른 한편으로는 다 비워낸 듯 푹 잘 잤다고 역설적으로 표현한다. 이 복합적인 심경에는 분명 "푸른 물 든 사람의 사랑 / 그 아름다운 상처"(「상처」)가 각인돼 있고, "상처가 그어놓은 길 더듬어 / 새로 핀 푸른 제비꽃, / 그 위에 포개진 / 아직도 아물지 않은 사랑 / 아직도 끝나지 않은 사랑"(같은 시)이라는 여운餘韻을 끌어안고 있다. 이 '끈끈한 끈'은 다음과 같은 양상으로도 내비쳐진다.

> 등이 차갑고 쓸쓸하다

어딘가 아픈 것 같기도 하고,
뒤꼭지를, 장난기 많은 까만 유령이
가만히 지켜보고 있는 건 아닐까
아무도 없다는 걸 알면서 휙
뒤돌아보는 참 하릴없는 몸짓

한겨울 찬바람 문밖에서 덜컹거린다
뭔가 분명 그릴 게 있는데
백지보다 마음 더 하얗다
밤 사이 내린 눈, 사각사각 발자국 남기며
누군가 다녀간 것 같고

　　　　　　　　　　　　　　—「뭔가 분명히」 부분

　사흘간 푹 잤다고 말하지만, 등이 차갑고 쓸쓸하며 아무도
없다는 걸 알면서도 휙 뒤돌아보게 되는 건 '왜'일까. 찬바람 소
리와 함께 밤 사이 내린 눈에 누군가가 발자국 남기며 다녀간
것같이 느끼고, 마음이 다른 그 무엇으로도 채워(그려)지지 않
은 채 백지白紙보다 더 하얗다고 토로한다. 어쩌면 이 애증은 "
가자고 하면 멈추고 잠시 쉬노라면 / 혼자 저만치 가버리"거나
"겨울에 부채질해 주고 / 여름엔 군불 때 주는"(「이율배반」) 사람
과의 관계였다고 하더라도 그럴 수밖에 없지 않겠는가. 그래서

시인은 다시 그 지난날을 거꾸로 뒤집어 보고 싶어지게 되는
지도 모른다.

길 위에 쏟아둔 기억을 밟고
별이 진다
그에게로 가고 싶다

지난 시간이 그리운 게 아니라
다가올 시간이 그립다 하고
낯익은 마을 끝집에서
날 기다리는 그가 있을 거라 착각하고

꽃이 되었다가 바람이 되었다가
그에게서
덤으로 받은 위태롭던 시간을
사랑이었다고 착각하고

별이 지는 솔길 따라
그에게로 가고 싶다

—「착각하기」 전문

시인은 이 시에서 "그에게로 가고 싶다"고 되풀이해 말한다. 그러나 이 같은 마음(그리움)은 지난날 "그 길 위에 쏟아둔 기억"들 때문이기보다는 헤어져서도 자신을 기다릴 것이라는 일말—抹의 기대감(미련) 때문으로 보인다. '낯익은 마을의 끝집'은 그와 함께 살던 집으로 지난날과 같은 공간이라 하더라도 다가올 시간에는 새로이 함께할 공간이며 '위태롭던 시간'도 넘어서는 사랑의 공간이기를 바라는 마음도 실려 있다고 할 수 있다.

시인은 그런 '바람'(소망)을 '착각錯覺'이라며, 별이 지는 캄캄한 솔길을 따라 그에게로 가고 싶다고 말하고 있으나 기실은 그 '착각'이 미련과 그리움이 빚고 있는 '바람'이다. 이 착각하기는 그대로 착각이라기보다 착각하기가 착각이기를 바라는 심경이 은밀하게 자리해 있으며, 그런 바람을 완곡하게 내비친다고도 볼 수 있다.

「미안하세요」에서의 "창 아래 꽃을 피워놓고 보라 하니 / 고개를 돌리더군요"라든가 "유리벽 속에 / 혼자 갇혀 있나요", "꽃에게, 내게 할 말이 없나요 / 뭔가 중얼거린다 해도 / 미안하다는 말은 / 할 줄 모르겠군요"라는 대목과 「얼음사람」에서의 "얼음옷을 벗고 / 내 발소리를 가져가요 / 그렇게 오늘은 / 따뜻한 사람으로 있어요"라는 구절句節 역시 그런 바람과 맥脈을 같이 한다.

　연작시「나의 천국에 그대가 없다」도 '그대 부재不在'의 아픔
을 절절하게 노래한 시편들이다. 자신이 꿈꾸는 세계를 '천국
天國'으로 보고, 그 속에서 참된 자아로 살아가려는 자신을 '천
사'로 보는 듯한 이 연작시는 시인의 내면의식을 승화시켜 보
인다.「죽은 남자를 위한 파반—나의 천국에 그대가 없다 3」에
서 "가슴을 두드리며 울던 그는 / 이제 천국에서 / 하고 싶은 것
만 하고 있을까"라며 "이제 나의 천국에는 그대가 없다"고 토
로한다. 여기서는 '그대'도 연옥煉獄이나 지옥地獄이 아니라 최
상의 저승인 천국(천당 또는 극락)에 있는 것으로 묘사돼 있
다. 그 정황은 이 연작시에서 다음과 같이 묘사되고 있다.

　발 아래 지천 꽃대 떨구며 그는 다른 세상,
　먼 곳으로 떠나가는데
　'잘 가세요'라는 말 대신
　검은 치맛자락을 깔고 손 흔들었다

　(중략)

　정지된 시간을 벗어나
　캄캄한 밤을 건너 그는

어디로 가는 걸까

    —「정지된 밤을 건너다—나의 천국에 그대가 없다 1」부분

별이 된 이를 찾아 떠났으나

내가 따 온 별에는

나 외엔 아무도 없습니다

나는 유령처럼 또 침묵하고

더 깊은 생각에 골똘하다

자정을 넘겼습니다

    —「별이 된 이를 찾아—나의 천국에 그대가 없다 2」부분

"잘 가세요'라는 말 대신 / '잘 다녀오세요'라고 말하고 싶었다"고 운을 뗴는 「정지된 밤을 건너다」에서 시인은 그대가 발아래 지천 꽃대 떨구며 먼 곳으로 떠났다고 한다. 그가 간 곳이 어디인지 모르지만 정지된 시간을 벗어나고 캄캄한 밤을 건너갔지만, 이와는 사뭇 대조적인 발 아래 지천 꽃대를 떨구며 갔다는 것이다.

이 시의 화자 입장에서 보면, 그의 떠남이 어둠을 벗어나고 건넜으면서도 한편으로는 밝음을 떨구고 떠났다는 뉘앙스도 거느린다. 하지만 어쨌든 자신과 더불어 살던 세계와는 다른 곳으로 떠났으며, 자신이 꿈꾸는 세계에는 그가 부재한다는

안타까움이 녹아들어 있다. 설령 그가 천국에 갔더라도 자신의 천국은 떠나갔다는 의미로 받아들여지게도 한다.

한편, 「별이 된 이를 찾아」에서는 그가 별이 됐다고 보고 떠난 그를 찾아나서는(되돌아오기를 바라는) 심경을 그리고 있다. 그를 찾아 나서 따온 별에 자신만 있다는 건 그가 별이 되었을지라도 그 별을 결코 만날 수 없고 찾아 나섰던 자신만 되돌아온 천국(꿈꾸는 세계)에서 홀로 그리워할 뿐이라는 비애의 완곡한 표현이다. 이 같은 비애는 자신이 꿈꾸는 세계에서 유령幽靈처럼 침묵을 거듭하고 밤 이슥토록 더 깊은 그리움과 안타까움에 빠져 있을 수밖에 없는 정황情況을 말해 주고 있다.

v) 시인이 길을 나서며 마주치는 현실은 꿈꾸는 세계(이상세계)와는 거리가 멀다. 어린 시절의 기억과 연계시켜 봐도, 어떤 사물을 들여다보아도 별반 다르지 않으며, 숨 막힐 지경으로 돌아가는 세상은 연옥에 다름없다. 성장하던 기억을 더듬어 "아무도 없는 / 캄캄한 해변을 거닐면 / (중략) / 내 안에 깊이 가라앉아 / 숨 막히는 기억들 / 그 무수한 뒤척임"(「해변 2」)의 시간이 적막 속의 썰물에 밀려오는 파도 위에 떠도는가 하면, 그런 정황은 시인에게

여러 갈래로 흩어진 옛길과

어둡고 더딘 밤을 지나온

이 해변에서의 시간은

어떻게 문을 닫으면 될까 또

어떻게 기억하면 될까

　　　　　　　　　　　　　—「해변 2」 부분

라는 회의懷疑를 안겨준다. 이 같은 비감悲感은 산에서 나무들
사이의 고사목枯死木을 바라보며 마음을 끼얹는 「하얀 나무」에
서는 "숲이 묻어주지 않는 나무송장이 / 내 따뜻한 이마를 짚
고 있다면 / 푸드득, 새가 날던 곳조차 / 사라지지 않는 흔적이
될까"라는 우려와 안타까움으로 드러낸다. 더구나 그 말라 죽
은 나무(나무송장)는 자라다 멈추어 서게 됐지만 "수액을 길어
올리던 길 하나쯤 / 누군가 기억할 수 있지 않을까"라는 기대
감 속에 붙들어 놓기도 하고, "저것이, 죽은 것이 / 아직도 아플
게 남아 있는지"라는 연민을 불러일으키기도 한다.

　지난해(2020년) 1월부터 이 지구촌을 휩쓸고 있는 코로나
팬데믹 속의 세상은 가히 연옥에 다름없다. 시인은 "눈에 보이
지 않는 바이러스를 피하기란 / 우리 어머니들의 / 슬픈 노래
를 외면하는 것보다 더 / 어려운 일인 것 같"(「편지 1—코로나

19)다고 비유하면서도 반성적 성찰과 그 극복을 기구祈求하
는 마음을 펴 보인다.

　　신이 태양의 불꽃으로 지구를
　　정화하려 하는 걸까요?
　　긴 후회로 반성해 봅니다
　　산을 넘었는데 또 다른 산이
　　가로막고 있지 않기를 바라도 봅니다
　　멀지 않은 미래에 모든 이들의 얼굴이
　　봄꽃처럼 활짝 피어나라고 기도합니다

　　바깥출입이 자유롭지 않은 시간들을
　　명랑하고 슬기롭게 보내시기 바랍니다
　　　　　　　　　　　　 ―「편지 1―코로나 19」 부분

　시인은 이 미증유의 환란患亂을 신이 태양의 불꽃으로 지구
를 정화淨化하려는 거냐고 겸허하게 물으면서 반성적 자기 성
찰을 앞세운다. 세상을 어지럽힌 인간들이 자초한 환란으로
여기는 이 겸허한 자성은 '내 탓'이라는 덕목을 받드는 시인의
마음자리를 그대로 보여준다. 이어 '나' 생각을 먼저 하기보다
모든 사람들의 안녕安寧을 기원하는 따뜻한 마음 역시 마찬가

지로 돋보인다.

이 시와 같이 불특정 다수를 향한 「편지 2」는 캄캄한 산 아래 좁은 길을 쓸쓸히 걸어가는 듯한 누군가에게 따뜻한 마음을 포개고 있으며, 방 안에 들면 "조용한 노래처럼 방 안 공기는 부드럽고 / 어린애 같은 마음은 따뜻해"진다고 자기위무自己慰撫도 한다. 그러나 "슬프거나 아프지 않은 이들의 표정도 / 태양을 검은빛으로 바꾸어 놓은 것같이 / 불안하고 음울"하다고 장기적인 코로나 블루의 이면도 환기한다. 그러나 이 시의 마지막 대목에서는 안정과 여유를 회복한다.

고요하고 아름다운 봄 풍경 안에서
밀어 두었던 책 속에 빠져 있으니
코로나 바이러스로 인한 제 걱정은 마시고
꼭 평안하고 안전한 곳에 계시기 바랍니다

　　　　　　　　　　　　　　　　　　―「편지 2」 부분

이 대목에 이르러 시인은 고요하고 아름다운 봄 풍경과 독서에 빠져들고, 불특정 다수를 향해 자신의 안부를 전하며 평안을 바란다는 인사도 잊지 않는다. 여기서도 시와 사람이 일치를 이루고 있다는 생각도 해 보게 한다.

시인은 아득한 지난날로 거슬러 올라 희랍 신화神話 '오디세이' 속으로, 프랑스 파리의 센강에 투신한 루마니아 태생의 시인 파울 첼란 생각으로, 헝가리의 작곡가이자 피아니스트인 프란츠 리스트의 광시곡狂詩曲 속으로, 이집트와 싱가포르(여행 또는 상상여행)로 환상의 날개를 펴면서 개성적인 서정적 자아로 내면을 투영하거나 투사해 그 대상들이 주관화된 장면들로 빚어 보인다.

「술병 속 편지」를 통해서는 "파울 첼란을 사랑하면 가끔은 / 죽음이 영그는 감옥에 갇히고 만다"며, "그의 영혼이 센강 물결을 타지 않았다면 / 나는 아직도 세상의 불안을 몰랐을 텐데"라거나 "유리병 속 파울 첼란의 시詩들만 / 차디찬 소리로 출렁거린다"고 한다. 또 「불소리 2」에서는 첼란이 "불소리가 싫었을까요? 몸속에서 타오르는 불을 끄려 했을까요?"라는 궁금증에 빠진다. 이 시들은 자신에 투영된 첼란의 비극적인 생애와 문학, 첼란에 투사한 시인의 내면 떠올리기로서의 추모 헌사追慕獻詞로도 읽힌다.

그러나 세상에는 추억에조차 낙원이 가까이 있지 않다. 「이집트의 추억」에서와 같이, 옛 왕궁과 신전 안에서 왕비 네페르타리처럼 그윽하게 앉아 봐도, '그대'가 떠나버린 세상이 그렇듯이, 람세스가 없는 이집트는 쓸쓸할 따름이다. 돌아와서 그 추억들을 되살려 봐도 "만지면 영혼조차 부스러질 것 같은 /

모래도시에서 본 푸른 배경 / 먼 세월 거쳐" 오기도 하지만 역시 사진 속에 멈춰 있을 뿐이다.

싱가포르도 외롭고 쓸쓸하게 하기는 마찬가지다. "해와 비와 비나무와 / 거리의 사람들과 일렬로 서서 / 온종일 그를 기다렸"으나 "그를 부를 수 없었다 그에게는 / 내가 부를 수 있는 이름이 없었"(「비나무Raindrop tree」)을 뿐이고 '그의 부재'는 어디로 가나 돌이킬 수 없었기 때문일 것이다.

한편 「셀라비」에서는 수직으로 내리는 비를 가지런히 늘어뜨린 비단실로 묘사하면서 자신도 "마냥 고요히 내리는 / 비이고 싶다"고, 비도 비단실같이 고요하고 아름답게 내리는 때(그런 세상)에 머물고 싶어 한다. 하지만 현실은 그렇지 않다.

자신의 처지는 저문 길 위의 세찬 빗줄기 속이며 "늙은 사람은 더 늙은 / 나무에 기대 비를 피하려" 한다고 인생人生을 그런 시선으로 바라보기도 한다. "사는 일, 곳곳에 구겨 넣어진 / 아픈 시간이라는 걸"(「아프지 않은 삶」) 알고 있기 때문일 것이다. 집시풍의 무곡舞曲을 소재로 한 프란츠 리스트의 피아노곡 「헝가리안 랩소디」를 들으면서는

베어진 풀잎처럼
모로 누워 일어나지 못하는

허수아비의 오후 시간
　　마르고 음울한 시인의 노래와
　　피 흘리는 허수아비의 랩소디를
　　견디지 못하고 나는 도망쳤다
　　　　　　　　　　　　—「어떤 랩소디」 부분

고 고백한다. 슬펐다가 기뻤다가, 정념情念에 사로잡혔다가
이내 다 내려놓은 것처럼 초월의 경지에 드는 듯한 이 곡 중에
서 원시적이고 격렬하게 빠른 리듬 부분에서는 견디지 못하고
달아나게 되는 건 무엇 때문일까. 아마도 시인은 고요하고 아
름다우며 부드럽고 따뜻한 곳에 머물기를 좋아하기 때문이지
않을까.「Lost Paradise」는 바로 이 사실을 방중해 주는 것으로
읽힌다.

　　지는 해를 배웅하고
　　다시 올 아침 해를
　　행복하게 기다릴 것이다
　　투명한 목소리로 노래하며
　　서로 머리카락을 땋아 주거나
　　꽃그늘에 앉아 사진을 찍거나
　　샘물에 발 담그고 가슴을 포개어

심장이 뛰는 걸 느낄 것이다

새로운 이타카를 찾아 떠났지만
앞선 사람들은 난폭한 고함소리를 남기고
신기루처럼 사라졌다
이상을 앞세워 그들을 따라 나서지 않았다면
아직도 나는 그곳에 있을 것이다
달빛도 그곳에만 머물러 밤은
사뭇 꿈같을 것이다

—「Lost Paradise」 부분

이 시는 어떤 것이 낙원이며, 낙원을 잃어버린 비애가 어떤 것인지도 말해 준다. 인간이 추구하는 낙원은 이상향(이타카)이지만, 시인에게 그 이상향은 신기루 같아서 지금 여기서는 '아득한 옛꿈 같은 밤'이 곧 낙원과 같을 수도 있다. 하지만 그런 밤보다 다시 오는 아침과 투명한 노래, 서로 머리카락을 땋아 주거나 함께 꽃그늘에 앉으며, 샘물에 발 담그고 서로 가슴 포개어 심장 뛰는 걸 느끼는 때가 '낙원의 시간'이다.

시인은 잃어버린 낙원을 향해 산중의 집 사각의 창 안에서 그 너머의 세계를 부단히 꿈꾸고 있으며, 그 꿈은 멈추지 않을 것 같다. 어쩌면 현실이 외롭고 삭막하고 비루鄙陋할수록 더

욱 그럴는지도 모른다. 겸허하게 꿈꾸는 그 세계는 고요하고 아름답고 부드럽고 따뜻한 사랑의 공간이며, 그리운 사람들과 더불어 가슴 포개며 살고 싶은 세상인 것 같다.

셀라비, 셀라비
정유정 시집

초판 1쇄 발행일 2021년 4월 5일

지은이·정유정
펴낸이·김종해
펴낸곳·문학세계사

주소·서울시 마포구 신수로 59-1(04087)
대표전화·02-702-1800
이메일·mail@msp21.co.kr
홈페이지·www.msp21.co.kr
페이스북·www.facebook.com/munsebooks
출판등록·제21-108호(1979.5.16)

값 10,000원
ISBN 978-89-7075-993-7 03810